Luis Coloma

Ratón Pérez

Barcelona 2024
Linkgua-ediciones.com

Créditos

Título original: Ratón Pérez.

e-mail: info@linkgua.com

Diseño de cubierta: Michel Mallard.

ISBN rústica: 978-84-9953-990-4.
ISBN ebook: 978-84-9953-529-6.

Todos los libros de Linkgua Ediciones cuentan con modelos de Inteligencia Artificial entrenados por hispanistas. Pregúntale al chat de tu libro lo que desees acerca de la obra o su autor/a.

Para ebooks: Accede a nuestro modelo de IA a través de este enlace.

Para libros impresos: Escanea el código QR de la portada con tu dispositivo móvil.

Obtén análisis detallados de nuestros libros, resúmenes, respuestas a tus preguntas y accede a nuestras ediciones críticas generativas para una experiencia de lectura más enriquecedora. La transparencia y el respeto hacia la autoría de las fuentes utilizadas son distintivos básicos de nuestro proyecto. Por ello, las respuestas ofrecen, mediante un sistema de citas, las fuentes con las que han sido elaboradas.

Sumario

A su alteza real el serenísimo señor príncipe de Asturias, don Alfonso de Borbón y Battenberg

Señor:
Hace cerca de veinte años que escribí estas páginas para S. M. el rey don Alfonso XIII, vuestro augusto padre. Permitidme, Señor, que, al reimprimirlas hoy, las dedique a V. A., deseoso de que arraigue en vuestra alma, tan honda y fructuosamente como arraigó en vuestro padre, la sencilla y sublime idea de la verdadera fraternidad humana.

Luis Coloma

Ratón Pérez[1]

Sembrad en los niños la idea, aunque no la entiendan: los años se encargarán de descifrarla en su entendimiento y hacerla florecer en su corazón.

Entre la muerte del rey que rabió y el advenimiento al trono de la reina Mari-Castaña existe un largo y oscuro período en las crónicas, de que quedan pocas memorias. Consta, sin embargo, que floreció en aquella época un rey Buby I, grande amigo de los niños pobres y protector decidido de los ratones.

Fundó una fábrica de muñecos y caballos de cartón para los primeros, y sábese de cierto, que de esta fábrica procedían los tres caballitos cuatralbos, que regaló el rey don

1 Este cuento se escribió para S. M. el rey Alfonso XIII, cuando contaba ocho años.

Bermudo el Diácono a los niños de Hissén I, después de la batalla de Bureva.

Consta también que el rey Buby prohibió severamente el uso de ratoneras y dictó muy discretas leyes para encerrar en los límites de la defensa propia los instintos cazadores de los gatos: lo cual resulta probado, por los graves disturbios que hubo entre la reina doña Goto o Gotona, viuda de don Sancho Ordóñez, rey de Galicia, y la Merindad de Ribas de Sil, a causa de haberse querido aplicar en ésta las leyes del rey Buby al gato del Monasterio de Pombeyro, donde aquella Reina vivía retirada.

El caso fue grave y sus memorias muy duraderas, por más que unos autores digan que el gato en cuestión se llamaba Russaf Mateo, y otros le llamen simplemente Minini. De todos modos el hecho resulta probado, aunque nada diga sobre ello Vaseo, ni tampoco lo mencione el Cronicón Iriense, y el bueno de don Lucas de Tuy haga como que se olvida del caso, quizá, quizá, por razones de conveniencia.

Consta también que el rey Buby comenzó a reinar a los seis años bajo la tutela de su madre, señora muy prudente y cristiana, que guiaba sus pasos y velaba a su lado, como hace con todos los niños buenos el ángel de su guarda.

Era entonces el rey Buby un verdadero encanto, y cuando en los días de gala le ponían su corona de oro y su real manto bordado, no era el oro de su corona más brillante que el de sus cabellos, ni más suaves los armiños de su manto que la piel de sus mejillas y sus manos. Parecía un muñequito de Sévres, que en vez de colocarlo sobre la chimenea, lo hubieran puesto sentadito en el trono.

Pues sucedió, que comiendo un día el rey unas sopitas, se le comenzó a menear un diente.

Alarmóse la corte entera, y llegaron, uno en pos de otro, los médicos de Cámara. El caso era grave, pues todo indicaba que había llegado para S. M. la hora de mudar los dientes.

Reunióse en consulta toda la Facultad; telegrafióse a Charcot, por si venía complicación nerviosa, y decretóse al cabo sacar a S. M. el diente. Los médicos quisieron cloroformizarle, y el Presidente del Consejo sostuvo porfiadamente esta opinión, por ser él tan impresionable, que nunca dejaba de hacerlo cada vez que se cortaba el pelo.

Pero el rey Buby era animoso y valiente, y empeñóse en arrostrar el peligro cara a cara. Quiso, sin embargo, confesarse antes, porque faena hecha no ocupa lugar, y después de todo, lo mismo puede escaparse el alma por la herida de una lanza, que por la mella de un diente.

Atáronle, pues, al suyo una hebra de seda encarnada, y el médico más anciano comenzó a tirar con tanto pulso y acierto, que a la mitad del empuje hizo el rey un pucherito, y saltó el diente tan blanco, tan limpio y tan precioso como una perlita sin engaste.

Recogiólo en un azafate de oro el gentilhombre Grande de guardia, y fue a presentarlo a S. M. la Reina. Convocó ésta al punto el Consejo de Ministros, y dividiéronse las opiniones.

Querían unos engarzar en oro el dientecito y guardarlo en el tesoro de la Corona; y proponían otros colocarlo en el centro de una rica joya, y regalarlo a la imagen de la Virgen, patrona del Reino.

Pareceres ambos en que descubrían aquellos ministros cortesanos, más bien el deseo de halagar a la madre, que el de servir a la Reina.

Mas esta Señora, que como mujer lista no fiaba de aduladores y era muy prudente y amiga de la tradición, resolvió que el rey Buby escribiese a Ratón Pérez una atenta carta, y pusiese aquella misma noche el diente debajo de su almohada, como ha sido y es uso común y constante de todos los niños, desde que el mundo es mundo, sin que haya memoria de que nunca dejase Ratón Pérez de venir a recoger el diente y a dejar en cambio un espléndido regalo.

Así lo hizo ya el justo Abel en su tiempo, y hasta el grandísimo pícaro de Caín puso su primer diente, amarillo y apestoso como uno de ajo, escondido entre la piel de perro negro que le servía de cabecera. De Adán y Eva no se sabe nada: lo cual a nadie extraña, porque como nacieron grandecitos, claro está que no mudaron los dientes.

Apuradillo se vio el rey Buby para escribir la carta; pero consiguiólo al cabo, y no sin grande suerte, pues tan solo llegó a mancharse de tinta los cinco dedos de cada mano, la punta de la nariz, la oreja izquierda, un poco del borceguí derecho y todo el babero de encajes desde arriba hasta abajo.

* * *

Acostóse aquella noche más temprano que de costumbre, y mandó que dejasen encendidos en la alcoba todos los candelabros y arañas. Puso con mucho primor debajo de la almohada la carta con el diente dentro, y sentóse encima dispuesto a esperar a Ratón Pérez, aunque fuese necesario velar hasta el alba.

Ratón Pérez tardaba, y el reyecito se entretuvo en pensar el discurso que había de pronunciarle. A poco abría Buby mucho los ojitos, luchando contra el sueño que se los cerraba: cerróselos al fin del todo, y el cuerpecillo resbaló buscando el calor de las mantas, y la cabecita quedó sobre la almohada, escondida tras un brazo, como esconden los pajaritos la suya debajo del ala.

De pronto, sintió una cosa suave que le rozaba la frente. Incorporóse de un brinco, sobresaltado, y vio delante de sí, de pie sobre la almohada, un ratón muy pequeño, con sombrero de paja, lentes de oro, zapatos de lienzo crudo y una cartera roja, terciada a la espalda.

Miróle el rey Buby muy espantado, y Ratón Pérez, al verle despierto, quitóse el sombrero hasta los pies, inclinó la cabeza según el ceremonial de corte, y en esta actitud reverente esperó a que Su Majestad hablase.

Pero S. M. no dijo nada, porque el discurso se le olvidó de pronto, y después de pensarlo mucho, tan solo acertó a decir algún tanto azorado:

—Buenas noches...

A lo cual respondió Ratón Pérez profundamente conmovido:

—Dios se las dé a V. M. muy buenas.

Y con estas corteses razones, quedaron Buby y Ratón Pérez los mejores amigos del mundo.

Conocíase a la legua que era éste un ratón muy de mundo, acostumbrado a pisar alfombras y al trato social de personas distinguidas.

Su conversación era variada e instructiva y su erudición pasmosa. Había viajado por todas las cañerías y sótanos de la corte, y anidado en todos los archivos y bibliotecas: solo en la Real Academia Española se comió en menos de una semana tres manuscritos inéditos que había depositado allí cierto autor ilustre.

Habló también de su familia, que no era muy numerosa: dos hijas, ya casaderas, Adelaida y Elvira, y un hijo adolescente, Adolfo, que seguía la carrera diplomática, en el cajón mismo en que el Ministro de Estado guardaba sus notas secretas. De su mujer habló poco y como de paso, por lo cual sospechó el reyecito que habría allí alguna *messa allianza*, o quizá disensiones matrimoniales.

Oíale todo esto el rey Buby embobado, extendiendo de cuándo en cuándo maquinalmente la manita, para cogerle por el rabo. Mas Ratón Pérez, con una oscilación rápida y ceremoniosa, ponía el rabo de la otra parte, burlando así el intento del niño, sin faltar en nada al respeto debido al Monarca.

Era ya tarde, y como el rey Buby no pensaba en despedirle, Ratón Pérez insinuó hábilmente, sin faltar a la etiqueta, que le era forzoso acudir aquella misma noche a la calle de Jacometrezo, número 64, para recoger el diente de otro niño muy pobre, que se llamaba Gilito. Era el camino áspero y hasta cierto punto peligroso, porque había en la vecindad un gato muy mal intencionado, que llamaban Don Gaiferos.

Antojósele al rey Buby acompañarle en aquella expedición, y así se lo pidió a Ratón Pérez con el mayor ahínco. Quedóse éste pensativo, atusándose el bigote: la responsabilidad era muy grande, y érale forzoso además detenerse en su propia casa para recoger el regalo que había de llevar a Gilito en cambio de su diente.

A esto respondió el rey Buby que él se tendría por muy honrado con descansar un momento en casa tan respetable.

La vanidad venció a Ratón Pérez, y apresuróse a ofrecer al rey Buby una taza de té, a trueque de conquistar el derecho de poner cadenas en la puerta de su casa, como se hacía en aquellos tiempos en todas las que conseguían el honor de hospedar a un monarca.

Vivía Ratón Pérez en la calle del Arenal, número 8, en los sótanos de Carlos Prats,[2] frente por frente de una gran pila de quesos de Gruyère, que ofrecían a la familia de Pérez, próxima y abastada despensa.

Fuera de sí de contento, tiróse el rey Buby de la cama, y comenzó a ponerse su blusita. Mas Ratón Pérez saltó de repente sobre su hombro, y le metió por la nariz la punta del rabo: estornudó estrepitosamente el reyecito, y por un prodigio maravilloso, que nadie hasta el día de hoy ha podido explicarse, quedó convertido, por el mismo esfuerzo del estornudo, en el ratón más lindo y primoroso que imaginaciones de hadas pudieran soñar.

2 Famosa tienda de ultramarinos, existente en Madrid en el lugar citado.

Era todo él brillante como el oro, y suave como la seda, y tenía los ojitos verdes y relucientes como dos esmeraldas *cabochon*.

Tomóle de la mano Ratón Pérez, sin usar ya tantas ceremonias, y entróse con él, disparado como una bala, por un agujero que debajo de la cama y oculto por la alfombra había.

Era su carrera desatinada, oscuro el camino, húmedo y hasta pegajoso, y cruzábanse a cada paso con bandadas de diminutas alimañas, que a tientas les pinchaban y mordían.

A veces deteníase Ratón Pérez en alguna encrucijada, y exploraba el terreno antes de seguir adelante: todo lo cual puso al rey Buby un poco nervioso y de mal humor, porque llegó a sentir desde el hociquito hasta la punta del rabo ciertos ligeros escalofríos que le parecieron señales de miedo.

Acordóse, sin embargo, de que

El miedo es natural en el prudente,
Y el saberlo vencer es ser valiente,

y se venció y fue valiente por razón, que es en lo que el verdadero valor consiste.

Tan solo una vez, al sentir un estrépito espantoso sobre su cabeza, que no parecía sino que pasaban por encima diez docenas de Ripers-Oliva,[3] preguntó muy bajito a Ratón Pérez si era allí donde vivía Don Gaiferos. Contestóle Ratón Pérez haciendo con el rabo un ademán negativo, y siguieron adelante.

A poco entraron en una suave explanada, que venía a desembocar en un sótano ancho y muy bien embaldosado, donde se respiraba una atmósfera tibia, perfumada de queso. Doblaron una enorme pila de éstos, y encon-

3 Especie de omnibus que circulaban por las calles de Madrid antes de los tranvías.

tráronse frente a frente de una gran caja de galletas de Huntley.

Allí era donde vivía la familia de Ratón Pérez, bajo el pabellón de Carlos Prats, tan a sus anchas y con tanta holgura, como pudo vivir la rata legendaria de la fábula, en el queso de Holanda.

Ratón Pérez presentó el rey Buby a su familia como un *touriste* extranjero que visitaba la corte, y las ratonas le acogieron con esa elegante *aisance* de las damas acostumbradas a mucho trato. Las señoritas hacían labor con su aya Miss Old-Cheese, ratona inglesa muy ilustrada, y la señora de Pérez bordaba para su marido un precioso gorro griego al calor de una chimenea en que ardía alegre fuego de rabitos de pasas.

Agradó mucho al rey Buby aquel plácido interior de familia burguesa, que revelaba en todos sus detalles esa *aurea mediocritas* (dorada medianía) de que habla el poeta como del estado más apto para hallar paz y felicidad en esta vida.

Sirvieron el té Adelaida y Elvira en primorosas tazas de cáscaras de alubias, y luego se hizo un poco de música. Adelaida cantó al arpa el aria de Desdémona, *assisa al pie d'un salice*, con un gusto y afinación que encantaron al rey Buby.

No era Adelaida bonita, pero tenía modales muy distinguidos, y hacía oscilar su rabo con cierta melancólica coquetería, que revelaba, sin duda, alguna pena secreta.

Elvira, por el contrario, era vivaracha y hasta un poco ordinaria; pero la energía de su alma le rebosaba por los ojos, y el rey Buby creyó ver delante de sí una espartana repitiendo el himno de las Termópilas, cuando cantó al piano con trágica entonación y enérgicos rencores de raza:

En el Hospital del rey

Hay un ratón con tercianas,
Y una gatita morisca
Le está encomendando el alma.

Entró en esto Adolfo, que venía del Jockey-Club, donde con harto sentimiento de sus padres perdía tiempo y dinero jugando al Pocker con los ratones agregados a la Embajada alemana.

El roce continuo con estos diplomáticos le había engreído y extranjerizado, y no tenía otros tópicos de conversación que el *Polo* y el *Lawn-Tennis*.

Con gusto hubiera prolongado el rey Buby la velada, pero Ratón Pérez, que se había ausentado un momento, volvió con su cartera terciada a la espalda, y al parecer bien repleta, y le manifestó respetuosamente que ya era hora de partir.

Hizo, pues, el rey Buby, con mucha gracia, sus corteses ofrecimientos de despedida, y la Ratona Pérez, en un arranque de cordialidad un poco burguesa, plantóle en cada mejilla un sonoro beso.

Adelaida le tendió una pata con cierto aire sentimental, que parecía decir:

—¡Hasta el cielo!

Elvira le dio un apretón de manos a la inglesa, y Miss Old-Cheese le hizo una ceremoniosa cortesía a lo reina Ana Stuard, y le enfiló su *lorgnon* de concha hasta que le perdió de vista.

Adolfo estuvo también muy expresivo: acompañóles hasta la entrada de la cañería, y allí reiteró a Buby su ofrecimiento de presentarlo en el Polo-Club, y le recomendó por tercera vez el uso de las raquetas J. Tate del núm. 12, o a lo más del 12½. Las del 13 resultaban ya, para manos ratoniles, algo pesadas.

Agradecióselo mucho el reyecito, y se despidió pensando que Adolfo podría ser en verdad muy elegante, pero que sin duda tenía los sesos de picatoste.

Comenzaron de nuevo su desatinada carrera Buby y Ratón Pérez, con un lujo de precauciones que sobresaltaron al reyecito.

Caminaba delante un grueso pelotón de fornidos ratones, gente toda de guerra, cuyas aceradas bayonetas de finas agujas relumbraban a veces en la oscuridad. Detrás venía otro pelotón no menos numeroso, armados también hasta los dientes.

Confesó entonces Ratón Pérez que no se había determinado a emprender aquella expedición, sin garantir suficientemente con aquella aguerrida escolta de Cazadores ligeros la persona del joven monarca que con tanta nobleza se le confiaba.

De repente vio el rey Buby que desaparecía la vanguardia entera por un estrecho agujero, que dejaba escapar reflejos de tenue luz.

Había llegado el momento del peligro, y Ratón Pérez, despacito, haciendo vibrar suavemente la punta del rabo, asomó poquito a poco el hocico por aquel temeroso boquete: observó un segundo, retrocedió dos pasos, tornó a avanzar lentamente, y de improviso, agarrando al rey Buby por la mano, lanzóse con la rapidez de una flecha por el agujero, atravesó como una exhalación una extensa cocina, y desapareció por otro agujero que frente por frente había, detrás del fogón.

Con la rapidez con que se ven en el día de hoy desfilar los palos del telégrafo por las ventanillas de un tren, así vio pasar el rey Buby ante sus ojos, en su veloz carrera, el pavoroso cuadro de aquella cocina... Al calorcito de la lumbre oculta bajo el rescoldo dormía el temido don Gaiferos, gatazo enorme, cartujano, cuyos erizados bigotes subían y bajaban al compás de su pausada respiración...

La guardia ratonil, inmóvil, silenciosa, preparada, mordiendo ya casi el cartucho, protegía el paso del rey Buby, formando desde el dormido don Gaiferos hasta los dos agujeros de entrada y de salida el formidable triángulo romano de la batalla de Ecnoma...

Era aquello imponente y aterrador...

Una vieja feísima dormía en una silla, con la calceta a medio hacer caída sobre las faldas.

Cesó el peligro una vez franqueado el agujero de salida, y faltaba ya tan solo subir a la última buhardilla de aquella misma casa, que era donde Gilito vivía. Todo era entrada en aquella miserable habitación abierta a todos los vientos, y los ratones la invadieron por rendijas, grietas y agujeros, como se invade una ciudad ya desmantelada.

Encaramóse el rey Buby en el palo de una silla sin asiento, única que había, y desde allí pudo abarcar todo aquel cuadro de horrible miseria, que nunca hubiera podido ni aun siquiera imaginar.

Era aquello un cuchitril infecto, en que el techo y el suelo se unían por un lado, y no se separaban lo bastante por el otro para dejar cabida a la estatura de un hombre. Entraba por las innumerables rendijas el viento helado del alba, que ya clareaba, y veíanse por debajo de la tejavana del techo grandes cuajarones de hielo.

No había allí más muebles que la silla que servía de observatorio al rey Buby, un cesto de pan vacío, colgado del techo a la altura de la mano, y en el rincón menos expuesto a la intemperie, una cama de pajas y de trapos, en que dormían abrazados Gilito y su madre.

Acercóse Ratón Pérez, llevando al rey Buby de la mano, y al ver éste de cerca al pobre Gilito, asomando las yertas manecitas por los trapos miserables que le cubrían, y pegada la preciosa carita al seno de su madre, para buscar allí un poco de calor, angustiósele el corazón de pena y de asombro, y rompió a llorar amargamente.

¡Pero si él nunca había visto eso!... ¿Cómo era posible que no hubiese él sabido hasta entonces que había niños pobres que tenían hambre y frío y se morían de miseria y de tristeza en un horrible camaranchón?... ¡Ni mantas quería él ya tener en su cama, mientras hubiese en su reino un solo niño que no tuviera por lo menos tres calzones de bayeta y un vestidito de bombasí!...

Conmovido también Ratón Pérez, se enjugó a hurtadillas una lágrima con la pata, y procuró calmar el dolor del rey Buby, enseñándole la brillante monedita de oro que iba a poner bajo la almohada de Gilito, en cambio de su primer diente.

Despertó en esto la madre de Gilito, e incorporóse en el lecho, contemplando al niño dormido.

Amanecía ya, y érale forzoso levantarse para ganar un mísero jornal, lavando en el río. Cogió a Gilito en sus brazos, y le puso de rodillas, medio dormido, delante de una estampita del Niño Jesús de Praga que había pegada en la pared, sobre la misma cama.

El rey Buby y Ratón Pérez se pusieron de rodillas con el mayor respeto, y hasta los cazadores ligeros se arrodillaron también, dentro del canasto vacío en que merodeaban silenciosos.

El niño comenzó a rezar:

—*¡Padre nuestro, que estás en los cielos!...*

Hizo el rey Buby un gesto de inmensa sorpresa al oírle, y se quedó mirando a Ratón Pérez con la boca abierta.

Comprendió éste su estupor y fijó en el reyecito sus penetrantes ojos; mas no dijo una sola palabra, esperando sin duda que otro las dijese.

Emprendieron el viaje de vuelta silenciosos y preocupados, y media hora después entraba el rey Buby en su alcoba con Ratón Pérez.

Tornó allí éste a meter en la nariz del rey la punta de su rabo; estornudó de nuevo Buby estrepitosamente, y encontróse acostadito en su cama, en los brazos de la Reina, que le despertaba, como todos los días, con un cariñoso beso de madre.

Creyó, por el pronto, que todo había sido sueño; mas levantó prontamente la almohada, buscando la carta para Ratón Pérez que había puesto allí la noche antes, y la carta había desaparecido.

En su lugar había un precioso estuche con la insignia del Toisón de Oro, toda cuajada de brillantes, regalo magnífico que le hacía el generoso Ratón Pérez, en cambio de su primer diente.

Dejólo caer, sin embargo, el reyecito sobre la rica colcha, sin mirarlo casi, y quedóse largo tiempo pensativo, con el codo apoyado en la almohada. De pronto dijo, con esa expresión seria y meditabunda que toman a veces los niños, cuando reflexionan o sufren:

—Mamá... ¿Por qué los niños pobres rezan lo mismo que yo, *Padre nuestro, que estás en los cielos*?...

La Reina le respondió:

—Porque Dios es padre de ellos, lo mismo que lo es tuyo.

—Entonces —replicó Buby aun más pensativo— seremos hermanos...

—Sí, hijo mío; son tus hermanos.

Los ojitos de Buby rebosaron entonces admiración profunda, y con la voz empañada por las lágrimas y trémulo el pechito por el temblor de un sollozo, preguntó:

—¿Y por qué soy yo rey, y tengo de todo, y ellos son pobres y no tienen de nada?

Apretóle la Reina contra su corazón con amor inmenso, y besándole en la frente, le dijo:

—Porque tú eres el *hermano mayor*, que eso es ser rey... ¿Lo entiendes, Buby?... Y Dios te ha dado de todo, para que cuides en lo posible de que tus *hermanos menores* no carezcan de nada.

—Yo no sabía eso —dijo Buby, meneando con pena la cabecita.

Y sin acordarse más del Toisón de Oro, púsose a rezar, como todos los días, sus oraciones de la mañana. Y a medida que rezaba, parecíale que todos los Gilitos pobres y desvalidos del reino se agrupaban en torno suyo, alzando también a Dios sus manitas, y que él decía, llevando, como hermano mayor, la voz de todos:

—*¡Padre nuestro, que estás en los cielos!...*

Y cuando el rey Buby fue ya un hombre y un gran guerrero, y tuvo que pedir a Dios auxilio en los trabajos, y darle gracias en las alegrías, siempre dijo, llevando la voz de todos sus súbditos, pobres y ricos, buenos y malos:

—*¡Padre nuestro, que estás en los cielos!...*

Y cuando murió el rey Buby, ya muy ancianito, y llegó su buena alma a las puertas del cielo, allí se arrodilló y dijo como siempre:

—*¡Padre nuestro, que estás en los cielos!...*

Y en cuanto esto dijo, le abrieron las puertas de par en par miles y miles de pobres Gilitos, de que había sido rey, es decir, *hermano mayor*, acá en la tierra...

Fin

Libros a la carta

A la carta es un servicio especializado para
empresas,
librerías,
bibliotecas,
editoriales
y centros de enseñanza;

y permite confeccionar libros que, por su formato y concepción, sirven a los propósitos más específicos de estas instituciones.

Las empresas nos encargan ediciones personalizadas para marketing editorial o para regalos institucionales. Y los interesados solicitan, a título personal, ediciones antiguas, o no disponibles en el mercado; y las acompañan con notas y comentarios críticos.

Las ediciones tienen como apoyo un libro de estilo con todo tipo de referencias sobre los criterios de tratamiento tipográfico aplicados a nuestros libros que puede ser consultado en Linkgua-ediciones.com.

Linkgua edita por encargo diferentes versiones de una misma obra con distintos tratamientos ortotipográficos (actualizaciones de carácter divulgativo de un clásico, o versiones estrictamente fieles a la edición original de referencia).

Este servicio de ediciones a la carta le permitirá, si usted se dedica a la enseñanza, tener una forma de hacer pública su interpretación de un texto y, sobre una versión digitalizada «base», usted podrá introducir interpretaciones del texto fuente. Es un tópico que los profesores denuncien en clase los desmanes de una edición, o vayan comentando errores de interpretación de un texto y esta es una solución útil a esa necesidad del mundo académico.

Asimismo publicamos de manera sistemática, en un mismo catálogo, tesis doctorales y actas de congresos académicos, que son distribuidas a través de nuestra Web.

El servicio de «libros a la carta» funciona de dos formas.

1. Tenemos un fondo de libros digitalizados que usted puede personalizar en tiradas de al menos cinco ejemplares. Estas personalizaciones pueden ser de todo tipo: añadir notas de clase para uso de un grupo de estudiantes, introducir logos corporativos para uso con fines de marketing empresarial, etc. etc.

2. Buscamos libros descatalogados de otras editoriales y los reeditamos en tiradas cortas a petición de un cliente.